Eric & Julieta

Julieta va a la escuela
Julieta Goes to School

SCHOLASTIC INC.

New York Toronto London Auckland Sydney
Mexico City New Delhi Hong Kong Buenos Aires

D0608275

ISBN 0-439-87433-5

30 29 28 27 26 25 24 23 22 21   19 20 21 22/0

Printed in the U.S.A.   40

First bilingual printing, September 2006

Book design by Florencia Bonacorsi

Julieta está nerviosa porque hoy empieza la escuela.

Today is Julieta's first day of school.
She is very nervous.

—Te diré algo, Julie, en la escuela no se puede llorar, ¿entiendes?
—Sí, Eric, me voy a portar muy bien.

"Let me tell you something, Julie, no crying in school, OK?"
"OK, Eric. I will be good."

Es mi hermana y tengo que ayudarla.
Y además no soporto cuando llora.

She is my sister. I have to help her.
Anyway, I don't like it when she cries.

—Bienvenidos a su salón de clases, niños.

"Welcome to your classroom, children."

-Dime, Tommy, ¿tu hermana es tan
llorona como la mía?
-Mmm, sí, cuando la empujo.

"Tommy, is your sister a crybaby, too?"
"Yes, if I push her down."

Tendré que ir a ver qué está haciendo Julieta.

I need to check on Julieta.

¡Me lo imaginaba! ¡Ya está llorando!
¡Y yo que me arriesgo a salir de mi clase por ella!

I knew it! She's crying!
I risked everything to sneak out of class—just for her!

¿Por qué tiene que ser justo mi hermana y no la de Tommy?

Why is my sister crying and not Tommy's?

¿Cuántas veces tendré que repetirle que en la escuela no se puede llorar?

How many times do I need to tell her that she can't cry in school?

Como hace mi papá, que me dice las mismas cosas una y otra vez. Como si yo no entendiera.
Y la que no entiende nada es Julieta.

It's just like my dad telling me the same thing over and over again—as if I didn't understand.
Julieta is the one who doesn't understand anything.

–¿Y Eric?

"Where is Eric?"

¿Y ahora qué hace? ¿Para qué le doy tantos
consejos si al final siempre hace lo que le da la gana?

*What is she doing now? Why do I give her advice?
She always does whatever she wants.*

Me pregunto si sabrán que Julieta es mi hermana.
Si no lo saben, van a enterarse pronto.
¡Con lo mal que se porta!

I wonder if people know that Julieta is my sister.
If they don't, they'll soon find out. She is so naughty!

Voy a tener que decirle a mi mamá que Julieta llora todo el tiempo. Y también que se porta muy mal.

I have to tell Mom that Julieta cries all the time.
And she is very naughty, too.

A mi mamá no le va a gustar nada eso. Y a mi papá, menos. Pero no tengo más remedio que contarles.

My Mom is not going to be happy about this. Dad won't be happy, either. But I have to tell them.

—¡Tienes que portarte bien!

"You have to behave!"

-No te preocupes, Eric, ¡a veces en la escuela se puede llorar!

"Don't worry, Eric, sometimes it's OK to cry in school!"